ALICE LERISQUE

SUPER EXPLORATRICE

Jennifer Bell - Alice Lickens

Illustrations de Pauline Duhamel

ALICE LERISQUE

SUPER EXPLORATRICE

Opération Moustaches du désert

Traduit de l'anglais (Royaume-Uni)
par Marie Cambolieu

Albin Michel Jeunesse

Du même auteur chez Albin Michel Jeunesse :

Les Extraordinaires

Tome 1 - Les mystères de Londinor

Tome 2 - Le sablier fumant

Tome 3 - L'armée des spectres

Alice Lerisque
Super exploratrice

Tome 1 - S.O.S. forêt en danger

Tome 2 - Mission Antarctique

Titre original :
Agents of the Wild : Operation Sandwhiskers
(Première publication : Walker Books Ltd, 2021)

22 rue Huyghens, 75014 Paris - www.albin-michel.fr

Pour John et Joan.
J. B.

Pour mon petit Arvo, qui a trois mois,
trois semaines et un jour
A. L.

Prologue

Alors qu'elle traversait le parc, Alice Lerisque sortit son précieux carnet de « Notes de terrain ». Il l'accompagnait partout, mais elle ne le montrait jamais à son oncle Douglas. S'il l'avait lu, elle aurait eu de gros ennuis. Alice y notait ses observations sur le monde sauvage et ses rapports de missions pour la SUPER, la Société Ultra-Protectrice des Espèces Rares.

Quand on a huit ans, travailler pour une agence secrète, c'est compliqué. Alice devait aussi aller à l'école, faire ses devoirs et aider son oncle à la maison... Mais ce qu'Oncle

Douglas ignorait, c'est que pendant son temps libre, Alice protégeait la biodiversité de la planète en tant qu'agent de la SUPER.

Je sais ce que vous pensez: « Un agent secret de huit ans? Ridicule! » Pourtant, c'était bien vrai. D'ailleurs, le récit de ses aventures se trouvait dans ce carnet. Il était taché de boue: un souvenir de son atterrissage forcé dans la forêt atlantique, à la recherche d'une abeille disparue. Les traces d'humidité remontaient à son expédition en Antarctique, où elle avait sauvé une colonie de pingouins lobotomisés.

On y trouvait aussi des pâtés d'encre de poulpe, de la bave de panda, quelques plumes de dindon et poils de lièvre accumulés pendant ses entraînements. Au dos du carnet, il y avait même l'empreinte – toute grasse de banane frite –, du partenaire d'Alice, l'agent Attenborough, surnommé Attie. C'était la musaraigne à trompe la plus courageuse et la plus futée qu'elle connaissait. À vrai dire, Alice n'en connaissait pas d'autre, mais elle était certaine qu'il n'en existait pas de plus rusée !

– Dépêche-toi, Alice, l'appela Oncle Douglas. J'aperçois la sortie.

Alice leva les yeux vers le fond du parc. Sous ce beau soleil, le vert de l'herbe semblait scintiller.

– On peut rester encore un peu ? demanda-t-elle. C'est le moment idéal pour observer les oiseaux. J'ai repéré deux Gros-becs casse-noyaux et j'ai même entendu un rossignol !

Douglas ricana.

– Un rossignol ? Il ne manquerait plus que ça. Tu sais bien que ces piaillements me donnent la migraine.

Alice soupira. Elle rangea son carnet et poursuivit son chemin, dépitée. Elle n'arrivait pas à croire que Douglas pouvait être de sa famille, même éloignée. Ses parents disparus, les célèbres botanistes Ranulph et Azalée Lerisque, étaient eux aussi de grands agents de la SUPER.

Alice se demanda si, comme elle, ils rédigeaient leurs rapports dans un carnet. Elle imaginait son père, tout aussi méticuleux et soigneux, étiqueter les tiroirs où il conservait ses graines de plantes rares. Sa mère, elle, devait remplir ses carnets de dessins botaniques. Pour la chambre d'Alice, Azalée Lerisque avait elle-même fabriqué le papier peint, avec un motif de feuilles de tapioca.

Pour la petite fille, ces rares souvenirs de ses parents étaient précieux. Elle aurait voulu en savoir plus sur leur vie d'agents, à la SUPER. Elle aurait aimé connaître leurs missions, découvrir avec quels animaux ils faisaient équipe, pour se sentir plus proche d'eux.

Alice souleva son arrosoir d'une main et ouvrit la fenêtre de sa chambre de l'autre, tout en se protégeant du vent. Au vingt-sixième étage d'un immeuble, il était parfois difficile de prendre soin de ses plantes. Elle inspecta les bourgeons de ses géraniums rouges, qui paraissaient en pleine forme, puis plongea son doigt dans la terre pour vérifier qu'elle n'était pas trop humide. Trop d'arrosage pouvait être aussi mauvais pour les plantes que la sécheresse. C'est ce que ses parents lui avaient appris.

Au loin, un oiseau volait bizarrement. Il décrivait des cercles autour des grands immeubles et regardait par les fenêtres, comme s'il cherchait quelque chose. Il lui parut plus grand qu'un héron, mais elle ne parvenait pas à le distinguer clairement. Intriguée, elle posa son arrosoir et courut jusqu'à sa cachette secrète, au fond de son placard, où elle rangeait les équipements de la SUPER. Elle en sortit un étui en bois et l'ouvrit. Il contenait un long instrument conique, comme une longue-vue, et plusieurs lentilles de verre. Certaines étaient noires et luisantes, d'autres avaient un bord aux reflets jaunâtres. Comme toutes les inventions de l'organisation, cet aviascope s'inspirait du monde naturel et de l'incroyable vision des oiseaux. Chaque lentille permettait à Alice de voir le monde d'une façon différente. Elle plaça la lentille « aigle » sur l'aviascope et l'approcha de son œil.

Les aigles sont capables de voir quatre à cinq fois plus loin qu'un être humain. Grâce à cette lentille, Alice pouvait donc distinguer

un nid d'étourneaux sur un toit à plusieurs centaines de mètres. Elle scruta la ligne d'horizon et repéra le mystérieux oiseau qui filait le long d'une tour. Il avait un cou immense, des plumes rose clair et un bec recourbé.

Alice fronça les sourcils. Ces caractéristiques ne correspondaient qu'à une espèce : le flamant nain. Mais… c'était impossible. Ces oiseaux vivaient en Afrique et en Inde… que venait-il faire ici ?

Elle cherchait d'autres indices lorsqu'elle sentit quelque chose vibrer dans sa poche. Son chromaphone ! Cette autre invention de la SUPER ressemblait à un petit galet. Toutes les couleurs de l'arc-en-ciel ondoyaient sur sa surface, comme sur la peau des calamars des Caraïbes, qui avaient inspiré cet objet. Grâce à lui, les agents de la SUPER pouvaient communiquer en toute sécurité. Alice posa l'aviascope dans son étui, puis pressa le bouton du chromaphone. La surface multicolore se changea en une image vidéo.

Un petit mammifère au nez incroyablement long, avec des yeux comme des billes noires, se mit à couiner. Sa fourrure, d'un rouge feu sur le sommet de sa tête, virait au noir sur le reste de son corps et de grands cercles blancs entouraient ses yeux.

– Attie ?

Alice activa le badge de communication de la SUPER dissimulé sous son col. Il lui permettait de comprendre les différents langages des animaux.

– Tout va bien ? demanda-t-elle. Je te croyais en vacances chez tes cousins, au Caire.

Attie s'approcha de l'écran. Il portait une chemise hawaïenne colorée, à motifs de bananes.

– Exact ! Mes cousins sont des musaraignes de Flower, une espèce un peu différente de la mienne.

Derrière lui, Alice aperçut de petites musaraignes brunes, au nez plus court que celui d'Attie, qui s'affairaient dans un terrier de sable.

– Je voulais prendre de tes nouvelles. As-tu pensé à notre décompte journalier de papillons ?

– Oui, dès ce matin, répondit Alice. J'ai vu deux Belles-Dames, deux Argus bleus et un magnifique Vulcain.

– Parfait ! s'exclama Attie. Et ton entraînement ? As-tu travaillé la technique de Noirbedon pour le déplacement souterrain furtif ? Nous devons la maîtriser avant la fin du mois prochain.

Attie était une musaraigne très consciencieuse. Mais il avait parfois du mal à se détendre.

– Oui, plusieurs fois, le rassura-t-elle avec un sourire. Je t'assure, Attie, inutile de t'inquiéter. Tout se passe très....

Mais avant qu'Alice ait pu terminer sa phrase, une bourrasque de plumes roses et

deux longues pattes fuchsia s'écrasèrent sur ses géraniums en soulevant un nuage de pétales rouges.

Le flamant nain ?

Alice recracha une feuille de géranium et reprit maladroitement son chromaphone.

– Attie, je dois te laisser ! Je te rappellerai plus tard.

Elle éteignit l'appareil et le flamant poussa un cri aigu.

– Au secours ! cria-t-il en battant des ailes. Je suis bloqué !

Alice comprit aussitôt le problème. Sa patte s'était coincée entre le mur et sa jardinière. Elle réfléchit très vite, puis se précipita à l'autre bout de la pièce, où trônait son aloe vera en pot. Elle cassa l'une de ses grandes feuilles pointues pour en faire sortir un liquide translucide et jaunâtre.

– En passant ce gel sur ta patte, elle devrait glisser.

Tout en l'appliquant, elle remarqua un petit rouleau de papier qui était fixé à la patte de l'oiseau.

– Ça ne marche pas ! hurla le flamant.

Alice écarta la jardinière pour gagner un peu d'espace.

– Encore… un… effort…

Avec un grand *plop*, la patte fut libérée. L'oiseau perdit l'équilibre et dégringola de la fenêtre sur la moquette, où il atterrit dans un tas de plumes.

– Oh ! Merci, merci, souffla-t-il en se redressant d'un bond.

– Attends ! dit Alice, en le voyant boiter vers la fenêtre. Je crois que tu es blessé !

– Pas le temps ! répondit-il en secouant la tête. Message urgent à remettre.

Le rouleau de papier ! Alice se demanda combien de temps il avait passé en vol. De grands cernes marquaient ses yeux rouge orangé : un signe évident de déshydratation.

– Si ce message est si important, laisse-moi m'en charger. Pendant ce temps, repose-toi et bois un peu d'eau.

– Mais… tu… tu arrives à me comprendre ? s'exclama le flamant nain en hérissant les plume, hébété.

Alice voulut lui expliquer qu'elle travaillait pour la SUPER et comment fonctionnait son badge-traducteur, mais il continua:

– Alors, tu peux sûrement m'aider à trouver l'immeuble de Miaminou ! Je le cherche partout. Je dois apporter ce message à un dindon nommé Phil.

– À Phil ?

Alice devint nerveuse. L'immeuble de la marque de pâtée pour chat « Miaminou » cachait en réalité le quartier général ultra-secret de la SUPER. Quant à Phil, ce n'était pas un dindon ordinaire, mais le commandant intrépide de l'organisation !

Le message du flamant nain devait être très important. Alice tendit la main.

– Tu peux me le confier. Je connais le chemin.

Miaminou

2

Le hall du quartier général de la SUPER était plus bruyant qu'un orchestre désaccordé. Alice le traversa au pas de course, tout en serrant le précieux message dans sa main. Elle zigzagua entre les agents, humains ou animaux. Certains sifflaient, pépiaient, ou aboyaient dans leurs chromaphones, d'autres allaient et venaient, les tentacules chargés de dossiers top-secrets. En observant les lieux, elle aperçut un chimpanzé souriant, qui portait un énorme sac à dos.

–Ralph ! l'appela-t-elle. J'ai besoin que tu me remplaces à l'appartement.

Le singe la regarda et haussa ses épais sourcils. En un clin d'œil, il sortit une perruque et des vêtements de son sac et les enfila en sautillant vers la sortie.

–Merci ! lui cria Alice.

Ralph était sa « doublure » officielle. Autrement dit, il prenait sa place chez Oncle Douglas lorsqu'elle était en mission pour la SUPER. Son oncle n'avait jamais rien remarqué.

Chapitre 2

Alice courut jusqu'au bureau du commandant Phil. Il était normalement impossible de le voir sans prendre un rendez-vous, mais Alice se dit que le message ne pouvait pas attendre. Elle se faufila derrière le bureau d'Églantine, l'ourse grizzly, secrétaire du commandant. Elle frappa à la grande porte rouge.

– Commandant Phil ! C'est l'agent Lerisque, appela Alice. J'ai un message urgent.

– Alors qu'attendez-vous pour entrer ? répliqua une voix bourrue.

Une odeur de cire et de graines pour oiseau flottait dans la pièce. Le long des murs, de grandes bibliothèques contenaient des livres comme *Le Livre de la jungle* ou *Croc-Blanc*. Penché sur son bureau, le commandant examinait une carte du continent africain. Il portait une ceinture à multiples poches autour de ses plumes.

– Agent Lerisque ? demanda-t-il en levant le bec vers elle, ce qui fit trembloter sa caroncule. Que dit ce message ?

Alice lui tendit le rouleau de papier et le dindon l'examina.

–Mmmh, marmonna-t-il alors que son front, déjà fripé, se plissait. Vous l'avez reçu aujourd'hui ?

–À l'instant, dit-elle en lui expliquant rapidement l'arrivée mouvementée du flamant chez elle.

Chapitre 2

–Malheureusement, ce sont de mauvaises nouvelles, déclara le commandant. Demandez à Églantine de préparer un conseil d'urgence dans la salle de réunion. Je dois parler à nos meilleurs agents, ce qui vous inclut, vous aussi.

Quelques minutes plus tard, Alice s'assit au deuxième rang dans la salle, entourée d'agents humains et animaux. L'absence d'Attie lui paraissait étrange, mais elle comptait l'appeler aussitôt après la réunion pour tout lui raconter. Il devait sûrement s'inquiéter.

Le commandant Phil se dandina jusqu'à l'estrade, devant une grande carte de l'Afrique. Une dizaine de croix rouges marquaient différents pays. Il tendit une aile pour désigner l'une d'elles, située dans le désert Arabique, à l'est de l'Égypte, entre le Nil et la mer Rouge.

–Je viens d'apprendre que trois jeunes damans du Cap ont été enlevés dans leur terrier, en Égypte.

Tous les agents étouffèrent un cri. Les damans du Cap étaient de petits mammifères robustes, avec un poil gris-brun, des oreilles rondes et de longues moustaches noires. Ils vivaient principalement en Afrique et au Moyen-Orient, et passaient leur temps à rechercher des plantes sur le sol pour se nourrir.

–Malheureusement, ce n'est pas le premier incident de ce genre qu'on nous signale, poursuivit le commandant. Dans les mêmes circonstances, des bébés léopards ont disparu en Tanzanie, des bébés rhinocéros ont été volés en Afrique du Sud et des éléphanteaux se sont volatilisés au Botswana. Des adultes ont également disparu.

Alice réfléchit, cherchant un point commun entre ces différents animaux. Horrifiée, elle comprit alors le lien.

–Oh, non ! s'exclama-t-elle. Ces espèces font toutes l'objet d'un trafic illégal ! Les léopards sont vendus pour leur fourrure, les éléphants pour l'ivoire de leurs défenses et les rhinocéros pour leurs cornes !

–Exactement, grommela le commandant Phil en gonflant ses plumes noires. Comme vous le savez, le commerce illégal des espèces protégées est lucratif. Ces animaux sont vendus vivants comme compagnons exotiques ou, pire, tués pour leur peau ou leurs os.

Alice en eut des frissons. Le commerce illégal des animaux était l'un des pires problèmes que la SUPER devait affronter. Elle songea aux animaux victimes de ce trafic. Ils étaient arrachés à leur famille, à leur environnement naturel. Ces petits, terrifiés, se retrouvaient sans leurs parents… un sentiment qu'elle connaissait bien. Elle serra les poings, déterminée à les sauver.

–Ces enlèvements répétés sont très inquiétants, continua Phil. Selon nos renseignements, une seule personne en est responsable. Elle figure peut-être dans notre *SUPERguide des ennemis de la nature.*

Ce guide faisait partie de l'équipement de base des agents et listait les plus dangereux criminels de l'environnement. Alice se rappela l'avoir feuilleté et frémit. Ses pages montraient leurs adversaires les plus rusés, cruels et malfaisants.

Un agent orang-outan, assise au fond de la salle, leva son bras poilu.

–Puisque les animaux ont été enlevés par une même personne, ils sont sûrement détenus au même endroit, dit-elle. Nous devrions examiner les scènes des crimes et voir où nous conduisent les indices.

Le commandant hocha la tête.

–Je veux que chaque équipe d'agents enquête sur l'un de ces enlèvements. En travaillant ensemble, nous réussirons à démasquer ce criminel, empêcher son trafic et le traîner devant la justice. Et surtout, nous devons retrouver ces animaux disparus avant qu'il ne soit trop tard !

En regardant la carte de l'Afrique, Alice remarqua que les damans du Cap avaient été enlevés non loin du Caire, où Attie passait ses vacances. Elle bondit :

– Commandant ? Je me porte volontaire pour partir en Égypte. Si je rejoins l'agent Attenborough au Caire, nous partirons pour le désert Arabique pour enquêter sur la disparition des damans du Cap.

– Très bien, répondit le commandant.

Derrière lui, un long rouleau de papier sortit d'une curieuse machine à écrire qui crachait une fumée rose. Phil prit le document et le tendit à Alice, qui le lut attentivement.

– Bonne chance, agent Lerisque, dit Phil d'une voix grave. C'est sans doute la plus périlleuse des missions qui vous attend.

Nom de la mission : opération Moustaches du désert

Type de mission : rechercher et protéger

Équipement fourni : aviascope, faucodrone, fourmi d'argent, chromaphone.

Le cœur d'Alice bondit dans sa poitrine lorsque le faucodrone plongea à travers les nuages.

– Waouuuh ! cria-t-elle en s'agrippant à son siège, alors que toute la cabine vibrait.

Ce drone était aussi furtif et aérodynamique qu'un faucon pèlerin, le plus rapide de tous les animaux. Ses hélices tournaient si vite qu'Alice les voyait à peine. En observant le ciel d'un bleu étincelant, elle retint son souffle. Elle se demanda si les faucons éprouvaient cette sensation quand ils tourbillonnaient et glissaient à travers les nuages...

Elle sentit son siège trembler quand le drone ralentit. Après avoir dépassé Le Caire, le faucodrone mit le cap vers le sud, en remontant le cours du Nil. Tout en bas, le grand fleuve ressemblait à un long ruban qui serpentait au milieu d'un paysage vert et abondant. Alice sortit son aviascope pour observer les berges. Elle aperçut des tortues à carapaces molles, des crocodiles tapis dans l'ombre, et des jacinthes qui flottaient à la surface. Des centaines d'espèces de poissons vivaient dans les eaux du Nil. C'était aussi une étape importante du voyage des oiseaux migrateurs et, toute l'année, d'innombrables oiseaux pataugeaient dans les flots, comme les flamants nains.

Avec un pincement au cœur, Alice pensa au séjour de ses parents en Égypte. Ils étaient venus pour étudier le papyrus. Elle imagina les endroits où ils avaient pu camper, au bord du Nil, la faune qu'ils avaient pu voir. Elle regrettait tant de ne pas leur avoir posé plus de questions

sur leurs missions… Ils auraient pu lui apprendre tellement de choses.

Le drone vira vers l'est, laissant le fleuve derrière lui. La terre devint plus aride. Alice regarda l'ombre du faucodrone se dessiner sur la terre rouge et desséchée. Elle espérait apercevoir des hyènes tachetées ou des bouquetins de Nubie. Le désert d'Arabie faisait partie du Sahara, le plus grand désert chaud du monde. Ici, les espèces avaient su évoluer pour s'adapter à la chaleur et au manque d'eau, ce qui fascinait Alice.

Fébrile, elle se demanda si elle aurait l'occasion de voir ces créatures si ingénieuses…

Au même moment, un voyant se mit à clignoter sur le tableau de bord. Le faucodrone allait atterrir.

– Agent Lerisque, hou hou ! lui criait Attie depuis le sol en agitant deux bâtons, comme sur une piste d'atterrissage.

Une dizaine de musaraignes sautillaient joyeusement près de lui.

– Par ici !

Il portait un uniforme couleur citrouille, comme celui d'Alice. C'était une combinaison respirante à manches courtes avec un écusson de la SUPER. En apercevant son équipier, Alice se sentit rassurée. Malgré les dangers, avec Attie, elle était certaine de secourir ces petits damans… et de mettre le kidnappeur derrière les barreaux !

Le drone se posa le long d'une piste de terre, près d'un rocher. Alors qu'elle ouvrait la porte, la chaleur s'engouffra dans la cabine comme une boule de feu. Dans cette partie de l'Afrique, les températures pouvaient atteindre cinquante-cinq degrés. Alice prit sa gourde avant de descendre, pour pouvoir s'hydrater. Les musaraignes se précipitèrent autour de ses chevilles en soulevant de petits nuages de poussière.

– Bonjour Alice ! Attie nous a beaucoup parlé de toi.

Trois petits la regardaient en écarquillant les yeux.

– On ne t'imaginait pas aussi grande !

– Et beaucoup plus poilue, ricana l'un d'eux.

– Je suis ravie de vous rencontrer, dit Alice, qui faisait bien attention de ne pas leur marcher sur la queue.

– Poussez-vous, poussez-vous ! bougonna Attie en les écartant. L'agent Lerisque et moi avons une mission de la plus haute importance. Pas le temps de bavarder !

Il adressa un sourire à Alice avant de se diriger vers le faucodrone pour décharger leur matériel.

– Tout d'abord, nous devons assembler la fourmi d'argent.

– L'assembler ? s'exclama Alice. Qu'est-ce que tu veux dire ?

Elle l'aida à sortir une grande caisse de la soute.

– Le faucodrone ne peut pas transporter de charge très lourde, expliqua Attie. C'est pourquoi nous avons choisi la fourmi d'argent : un véhicule tout-terrain, adapté au désert, léger, en kit, capable de foncer à travers les dunes.

Un véhicule... en kit ? Alice n'aurait pas dû être aussi surprise : elle commençait à avoir l'habitude des inventions étonnantes de la SUPER. Elle se mit au travail avec son équipier. En quelques minutes, ils avaient construit un

véhicule deux places, couvert d'un toit, et terminaient en ajustant ses grosses roues rebondissantes en caoutchouc.

– La fourmi d'argent… marmonna Alice en serrant un écrou.

Elle se demanda si ce bolide avait vraiment les capacités de la fourmi argentée saharienne : la plus rapide des fourmis du monde. Ces insectes pouvaient parcourir jusqu'à cent fois la longueur de leur corps en à peine une seconde ! Après son vol grisant à bord du faucodrone, l'idée d'une telle vitesse lui donnait des frissons.

Alors qu'elle aidait Attie à ranger leurs outils, elle aperçut une petite ombre qui se faufilait contre un rocher. Elle était trop grande pour être celle d'une musaraigne, mais trop furtive pour être celle d'un humain. Méfiante, Alice posa son tournevis et s'approcha pour en avoir le cœur net.

– Tout va bien ? lui demanda Attie en la rejoignant.

Alice fronça les sourcils.

– Je ne sais pas. J'ai cru voir quelque chose… mais il n'y a rien.

– Mmmh, murmura Attie en examinant le sol. Je ne vois aucune trace. C'était peut-être un mirage.

Alice avait lu certaines choses au sujet des mirages, qui survenaient parfois dans le désert. Ces illusions d'optique étaient dues à la lumière déformée dans la brume de chaleur.

– Tu as sans doute raison, dit-elle en rougissant.

– Les conditions extrêmes du désert sont éprouvantes, fit remarquer son équipier. Essayons de rester concentrés.

Alice oublia cette mystérieuse silhouette et grimpa sur le siège passager de la fourmi d'argent. Elle épongea son front avant de mettre son casque et ses lunettes de protection.

– Les petits damans ont été vus pour la dernière fois alors qu'ils jouaient devant leur terrier, situé à cet endroit, reprit-elle en rentrant les coordonnées du terrier dans le système GPS du véhicule. Allons enquêter !

Attie prit le volant et ils firent un dernier signe aux musaraignes de Flower avant de s'élancer à travers le désert dans un nuage de poussière.

L'air chaud fouettait les cheveux et le visage d'Alice : elle se serait crue à l'intérieur d'un sèche-cheveux. Leur véhicule était rapide, mais peu confortable. La moindre pierre le secouait.

– D'après le rapport, il n'y a aucun témoin de l'enlèvement des damans, cria-t-elle pour

couvrir le bruit du vent, qui emportait ses paroles. Nous allons devoir fouiller les environs pour trouver des indices qui nous mèneront aux ravisseurs. Tout pourrait être une piste !

Lorsqu'ils arrivèrent enfin à destination, les deux agents étaient recouverts d'une épaisse poussière rouge. Attie secoua sa fourrure pour s'en débarrasser et Alice brossa tant bien que mal sa combinaison.

– Là ! lança Attie en désignant de la queue le tronc noueux d'un vieux palmier.

Entre les racines se trouvaient trois petits trous, qui formaient l'entrée du terrier des damans. Il n'y avait rien aux alentours.

Il approcha son long museau du sol.

– Intéressant, murmura Attie. Je sens une odeur de pétrole et de gaz d'échappement. Une voiture humaine est passée par ici !

L'odorat des musaraignes à trompe était très développé. Alice savait qu'Attie avait vu juste.

– Je ne vois aucune trace de pneus. Le vent les a peut-être effacées.

Attie se gratta le menton.

– Fouillons les environs en prenant quelques notes. Nous allons bien découvrir quelque chose !

Alice avait déjà sorti son carnet de « Notes de terrain » et y ajouta ses observations.

OPÉRATION MOUSTACHES DU DÉSERT
par Alice Lerisque
(agent de terrain de la SUPER)

RECHERCHES :

Nous fouillons l'endroit où les petits damans ont été aperçus pour la dernière fois. L'agent Attenborough et moi avons découvert trois indices. Avec un peu de chance, au moins l'un d'entre eux nous permettra de retrouver les victimes. Les parents, qui sont à l'abri au Caire, doivent être morts d'inquiétude.

Indice n° 1 :

Objet : Morceau de tissu brun.
Notes : peut-être de la toile de jute : un tissu dense, à base de fibres. Il semble effiloché et déchiré aux angles. On utilise la toile de jute pour fabriquer des cordes ou des sacs. Les damans ont peut-être été ligotés ?

Indice n° 2 :

Objet : Un papier d'emballage de « Chocahuète », une barre chocolatée.
Notes : Trouvé sous une pierre, à l'entrée du terrier des damans. L'intérieur est taché de chocolat fondu. Il a peut-être servi à attirer les petits damans. Il pourrait aussi donner des

indications concernant les habitudes alimentaires du ravisseur.

Indice n° 3 :

Objet : La carte de visite d'une entreprise appelée « Garage Ruby Leustrasse ».
Notes : Les coins cornés montrent que la carte se trouvait dans un portefeuille ou une poche. L'adresse du garage est sur la route du désert, entre la ville d'Hurghada et Port Safaga. La carte a-t-elle été perdue par le ravisseur ? Nous devons enquêter au garage.

Garage
RUBY LEUSTRASSE

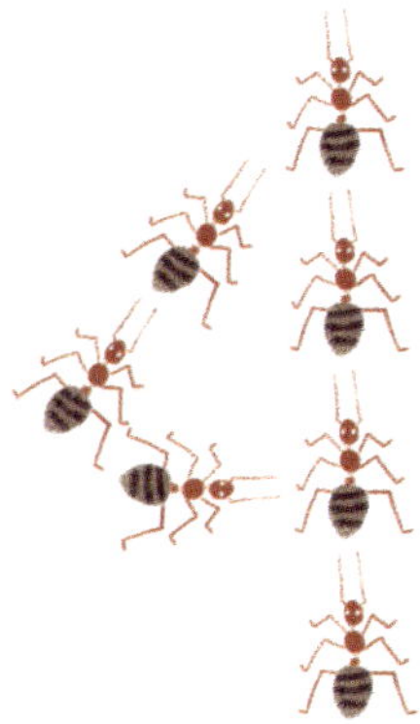

– Rien à faire, grommela Attie en agitant la longue baguette de métal à l'arrière de la fourmi d'argent. La chaleur a grillé notre antenne GPS. Nous allons devoir nous repérer seuls sur la route pour atteindre le garage Ruby Leustrasse.

Alice déplia une carte et l'examina avec attention. Ils ne savaient pas où ils se trouvaient exactement car, autour d'eux, tout se ressemblait.

– D'après cette carte, nous devons continuer vers le sud jusqu'au prochain oued, un lit de cours d'eau asséché.

Alice consulta sa boussole, puis sortit l'aviascope de sa boîte. Elle l'équipa avec la lentille « bécasse d'Amérique » et scruta l'horizon. La vision à 360° degrés des bécasses d'Amérique permit à Alice de voir tout ce qui l'entourait. À l'est, une chaîne de montagnes se dessinait. À l'ouest, une étrange forme d'un vert kaki dansait dans la brume de chaleur.

Attie remonta dans la fourmi d'argent tandis qu'Alice ajustait la lentille « aigle » sur l'aviascope pour mieux distinguer cette forme bizarre. C'était une grande tente, installée au milieu d'une étendue de sable. Juste devant, sur une table, elle aperçut un assortiment de pinceaux, de bêches et de petites pelles. Un jeune homme à lunettes, vêtu d'une chemise et d'un short en lin, se reposait dans une chaise longue juste à côté.

– Qu'est-ce que tu vois ? demanda Attie.

– Je crois que c'est un site archéologique, devina Alice.

Elle ne savait pas grand-chose des archéologues, en dehors des documentaires qu'elle avait vus à la télévision, mais ils utilisaient ce genre d'outils pour leurs fouilles et on trouvait beaucoup de sites historiques en Égypte.

Attie boucla sa ceinture et fit démarrer le véhicule.

– Dans ce cas, nous pourrions lui demander notre route.

Alors qu'ils se dirigeaient vers le campement, le jeune homme se dressa d'un bond en leur faisant de grands signes. Il avait des taches de rousseur et des cheveux blonds ébouriffés.

– S'il vous plaît, faites attention où vous roulez ! cria-t-il. Le sol est très fragile ici ! D'anciennes tombes se trouvent sous la surface !

– Merci de nous avoir prévenus, lui lança Alice, tandis qu'Attie garait la fourmi d'argent à bonne distance.

Sans perdre une minute, elle prit sa carte et sauta au bas du véhicule.

Chapitre 4

– Nous cherchons le garage Ruby Leustrasse. Pourriez-vous nous indiquer le chemin ?

Le jeune homme la regarda en plissant les yeux derrière ses lunettes.

– Mais tu es… une enfant !

– C'est vrai. Je m'appelle Alice Lerisque, répondit-elle en lui tendant la main.

– Harold Creutzer, se présenta-t-il en lui serrant la main, ahuri.

Il jeta un regard à la fourmi d'argent.

– J'ai des hallucinations ou bien c'est vraiment un rat qui conduit cette voiture ?

Alice se mordit la lèvre, espérant qu'Attie ne l'avait pas entendu. Il détestait qu'on le prenne pour un rongeur.

– Euh, en fait, c'est une musaraigne à trompe.

Le jeune homme était évidemment surpris de voir Alice et Attie s'aventurer seuls dans le désert, mais les petits damans étaient en danger et elle n'avait pas le temps de tout lui expliquer.

– Désolée, mais nous sommes pressés. Si vous pouviez nous indiquer le chemin jusqu'au garage de Ruby Leustrasse, nous allons repartir tout de suite.

Harold leva les sourcils.

– Bien sûr.

Alors qu'il examinait la carte, Alice jeta un rapide coup d'œil sous sa tente, où elle distingua un énorme trou dans le sable, grand comme le sol de sa chambre.

Un objet argenté scintillait dans l'ombre. Pensant qu'il s'agissait d'un objet antique, Alice s'approcha pour mieux l'admirer. Mais brusquement, il se mit à biper et Alice vit un groupe de robots métalliques à huit pattes surgir de l'ombre. Ils n'étaient guère plus grands que des chihuahuas, mais chacun transportait une caisse en bois sur son dos.

– N'aie pas peur, s'esclaffa Harold en voyant le mouvement de recul d'Alice. Ce sont mes robots-assistants : je les appelle les « aranobots » !

Ils sont plus forts que moi et permettent de fouiller les sites beaucoup plus rapidement.

Alice comprit pourquoi il les appelait ainsi. Avec leurs longs abdomens et leurs petites têtes où clignotaient des voyants verts, ils ressemblaient à des araignées, de la famille des « aranéides ». Alors qu'ils passaient près d'Alice, elle vit qu'ils déchargeaient leurs caisses dans un camion garé près de la tente.

– Les découvertes que je fais ici sont expédiées vers un musée américain, expliqua Harold. Je suis égyptologue et je suis chargé de rechercher des objets antiques, pour les envoyer à des institutions où on les étudie et les présente au public.

Il se tourna une fois de plus vers la carte d'Alice et se caressa le menton.

– Voyons… Le garage de Ruby Leustrasse se trouve par ici, alors…

Il abrita ses yeux du soleil et pointa l'horizon.

– Continue sur environ vingt kilomètres dans cette direction.

– Merci !

Attie bondit en direction de la fourmi d'argent, qui démarra en trombe.

Le garage Ruby Leustrasse se trouvait au bord d'une route désolée qui s'étirait le long du désert. À l'allure professionnelle de la carte de visite, Alice s'imaginait trouver un garage moderne. Au lieu de cela, elle découvrit un terrain vague grillagé rempli de vieilles voitures, avec une pompe à essence rouillée devant une petite boutique aux murs de tôle branlants.

Pour éviter les questions embarrassantes, Alice et Attie cachèrent leur véhicule derrière un tas de sable avant de s'approcher du garage. Aussitôt, Alice se pinça le nez. L'air empestait l'essence et les gaz d'échappement : l'odeur qu'Attie avait détectée près du terrier des damans. Ils se trouvaient sûrement au bon endroit.

Attie passa une patte sur le capot d'une voiture, laissant une longue trace dans la poussière.

– Elles n'ont pas été nettoyées depuis des mois ! s'exclama-t-il avec un air répugné. Ce garage ne doit pas faire beaucoup d'affaires.

Alice doutait qu'il y ait beaucoup de clients dans un endroit aussi isolé. Personne ne semblait venir dans ce coin perdu. C'était l'endroit idéal pour commettre des crimes sans se faire remarquer…

– Là, regarde ! siffla Attie en aplatissant les oreilles, comme chaque fois qu'il percevait un danger.

Deux créatures montaient la garde devant la porte de la boutique. Elles ressemblaient à des loups, avec de longues pattes et un museau pointu. Leur corps fin avait un pelage ébouriffé couleur sable, à l'exception de leur dos, recouvert d'une fourrure noire. Des chacals à chabraque ! Alice comprit mieux l'inquiétude

d'Attie. Ces animaux se nourrissaient de petits mammifères tels que lui.

– Grimpe sur mon épaule, lui souffla-t-elle. Je te ferai passer pour mon animal de compagnie et tu seras en sécurité.

– Moi ? Un animal de compagnie ? s'agaça Attie, les poings sur les hanches. Tu plaisantes, j'espère ? C'est indigne de moi !

– Tu as une meilleure idée ? rétorqua Alice en fronçant les sourcils.

Il baissa la tête.

– Bon… d'accord. Mais promets-moi de ne pas le répéter aux autres agents. J'aurais trop honte.

Les chacals se mirent à grogner en la voyant avancer avec Attie perché sur son épaule. Les deux animaux portaient des colliers décorés de strass à leur nom. Le chacal de gauche se nommait Set, l'autre, Sabra.

Set renifla.

– Ça sent…

– … le dîner, acheva Sabra en se léchant les babines.

Ils s'avancèrent tête baissée, le regard rivé sur Attie.

La tête haute, Alice passa devant eux, feignant de ne pas les comprendre. Elle poussa la porte de la boutique qui grinça. À l'intérieur, il régnait une odeur de renfermé et de moisi. Un ventilateur tournait mollement au plafond et, dans un coin, un réfrigérateur ronronnait. Alice se hissa sur la pointe des pieds pour regarder au-dessus des étagères vides. Une femme était assise au comptoir, au fond de la pièce. Elle était vêtue d'une salopette en jean et mâchait bruyamment son chewing-gum. Sa coupe afro était séparée par une raie de côté et elle portait de gros bijoux en or, dont un collier en strass comme ceux de Set et Sabra. Le pendentif formait les lettres « RUBY ».

– Bonjour, dit-elle en regardant Alice s'approcher de la caisse. Qu'est-ce qu'une petite fille comme toi fait ici, toute seule ?

– Toute seule ? répéta Alice. Oh, non ! Je voyage avec mon oncle. Il m'a envoyée acheter de la… limonade !

Alice avait horreur de mentir, mais elle se méfiait de cette Ruby Leustrasse.

– Il a… trouvé votre carte de visite, près d'un terrier, dans le désert. Comment a-t-elle bien pu arriver là-bas ? demanda-t-elle en sortant la carte de sa poche pour la lui montrer.

Ruby plissa les yeux. Elle tapota ses ongles manucurés sur une boîte de cartes de visite posée devant elle.

– Comment je pourrais le savoir ? N'importe quel client aurait pu la laisser tomber.

La boîte était presque pleine et Alice doutait qu'elle ait eu beaucoup de clients. Comment Ruby pouvait-elle s'offrir tous ces bijoux ?

Chapitre 4

Alice sentit la fourrure d'Attie lui chatouiller l'oreille lorsqu'il lui murmura :

– Regarde ! Derrière le comptoir !

Alice leva discrètement la tête et aperçut une barre « Chocahuète » entamée devant Ruby. Incapable de se retenir, elle étouffa un cri.

– Quelque chose ne va pas ? demanda Ruby en se penchant vers elle.

– Non... rien... bredouilla Alice, qui prit deux canettes de soda et lui tendit quelques billets égyptiens. Je prends cela. Gardez la monnaie !

Sans un mot, elle fila vers la porte. Seth et Sabra lui jetèrent un regard méfiant.

Lorsqu'enfin Alice s'éloigna du garage, Attie sauta sur le sol.

– La barre « Chocahuète », la carte de visite, l'odeur d'essence... Tout indique que Ruby se trouvait devant le terrier des damans. Elle est sûrement mêlée à leur disparition !

– Les indices concordent, confirma Alice. Mais si Ruby a enlevé tous ces animaux dont le commandant nous a parlé, où les a-t-elle enfermés ? Impossible de cacher un éléphanteau dans cette minuscule boutique !

Attie lissa ses moustaches.

– Très juste. Elle doit les retenir prisonniers ailleurs. Attendons la tombée de la nuit pour surveiller le garage. Ruby finira bien par quitter les lieux et, à ce moment-là, nous la suivrons.

À l'intérieur de sa petite boutique, Ruby Leustrasse s'approcha de la vitrine pour suivre des yeux la petite fille avec une musaraigne à trompe en guise de compagnon, qui traversait en courant le terrain. L'attitude étrange de cette enfant l'avait mise mal à l'aise.

– Je sais quand on me raconte des histoires… murmura-t-elle.

La porte de la boutique grinça et ses deux chacals, Seth et Sabra, entrèrent.

– Grrr, pesta Sabra.

– Ouarf, gronda Seth.

– Je suis d'accord, acquiesça Ruby en reprenant un chewing-gum, qu'elle mâcha d'un air pensif. Surveillez-moi cette petite et prévenez-moi si elle revient fouiner par ici. Je parie mes diamants qu'elle mijote quelque chose…

5

Le soleil déclinait sur le désert. Perchée sur la colline rocheuse qui dominait le garage de Ruby Leustrasse, Alice ajusta les manches poilues de son déguisement de protèle. Elle ignorait combien de temps ils devraient attendre et préféra se mettre à l'aise. Attie s'approcha, noyé sous son costume de bébé protèle.

– Les protèles sont nombreux dans la région, expliqua-t-il. Même si Ruby ou ses chacals nous apercevaient, ils ne se méfieraient pas.

La moindre parcelle de son corps, de ses longues moustaches jusqu'à sa queue, était dissimulée par sa combinaison.

GARAGE Ruby

Alice n'avait jamais croisé de protèle, mais elle avait lu beaucoup de choses à leur sujet. Ils ressemblaient à de petites hyènes, au corps élancé, avec un pelage rayé jaune et noir et des crinières caractéristiques sur le dos. Ces animaux étaient beaucoup plus actifs la nuit.

– Mieux vaut que personne ne te voie grignoter cela, alors, répondit-elle, en désignant le sandwich de bananes grillées et de graines de courge – son plat favori – qu'il dévorait. Je sais bien qu'il faut prendre des forces pour une surveillance nocturne, mais les protèles se nourrissent de termites.

À travers les ouvertures découpées du costume, Attie écarquilla les yeux.

– Je n'y avais pas pensé...

Il bougonna, puis ouvrit la poche cousue dans sa fausse queue pour y cacher son sandwich. Alice se félicita d'avoir un déguisement épais et chaud, car l'air se refroidissait. Il semblait étrange d'avoir froid dans le désert, mais la nuit, la température pouvait devenir glaciale. Au même moment, Ruby Leustrasse fermait son garage. Elle éteignit les néons de la boutique et verrouilla la porte à clé. Ses deux chacals traversèrent le terrain vague où s'entassaient les vieilles épaves et se mirent à renifler le sol. Ruby les rappela en sifflant, tandis qu'elle grimpait dans un pick-up rouge et cabossé. Deux paniers luxueux pour ses chacals étaient installés à l'arrière.

– Filons reprendre la fourmi, chuchota Attie. Nous ne devons pas perdre sa trace.

Mais Alice avait remarqué quelque chose. Une petite forme noire se faufilait dans l'ombre, entre les carcasses des voitures. Elle songea au mirage qu'elle avait cru apercevoir, près du terrier des musaraignes de Flower… Était-ce vraiment un mirage ?

Elle saisit l'aviascope, l'unique équipement qu'elle avait emporté et ajusta la lentille « chouette ». Comme les protèles, les chouettes étaient des animaux nocturnes, avec une vision particulière qui leur permettait de se repérer dans le noir. Grâce à cette lentille, elle voyait comme en plein jour. Lorsque la silhouette devint plus nette, Alice fronça les sourcils. C'était un animal à quatre pattes, avec une queue fournie et de grandes oreilles. Elle ignorait de quelle couleur il pouvait être car il arborait une combinaison moulante noire. Il portait un petit sac à dos et un masque recouvrait son visage.

Les seuls animaux avec ce genre de vêtements et accessoires étaient des agents de la SUPER… ou bien ses ennemis.

Elle rangea l'aviascope, son esprit fourmillant de questions. Ce curieux animal était-il un autre compagnon de Ruby ? Avait-il un lien avec la disparition des damans du Cap ?

Tout à coup, elle entendit Attie crier :

– Lâchez-moi immédiatement !

Sans comprendre ce qui arrivait, Alice sentit qu'on passait un sac autour de sa tête. Tout devint noir.

– Laissez-moi ! hurla-t-elle en se débattant.

Mais des bras la tenaient fermement. Elle fut soulevée de terre et projetée sur quelque chose de dur.

Chapitre 5

– Attie ! Attie, tu es là ?

Elle n'eut aucune réponse. Lorsqu'un moteur démarra, Alice jeta un regard à travers les trous de son déguisement. Elle ne distinguait que l'intérieur d'un sac en toile de jute, exactement comme le fragment trouvé près du terrier des damans. Horrifiée, elle comprit ce qu'il venait de se produire : le criminel qu'ils cherchaient les avait pris pour de véritables protèles et les avait enlevés eux aussi !

Son cœur cognait dans sa poitrine, mais elle essaya de rester calme en inspirant profondément. Il devait sûrement exister un moyen de se libérer et de retrouver Attie. Ensemble, ils réussiraient peut-être à reprendre le contrôle de la situation et à arrêter le ravisseur pour l'obliger à révéler où il cachait les damans.

Alors que le véhicule tressautait sur une mauvaise route, Alice tendit l'oreille, à l'affût d'indices. Elle entendait le raclement de griffes, le bruissement de plumes et le ronflement d'autres animaux qui avaient dû être chargés dans ce véhicule avec elle. Mais elle eut beau se concentrer, elle ne put distinguer la voix d'Attie. Et s'il était blessé ?

Le trajet parut durer des heures... Alice écoutait le crissement de graviers sous les pneus et se demandait où on les conduisait. Certainement dans le désert, car elle ne percevait aucun autre vrombissement de voiture. Elle tenta de se débarrasser du sac en toile pour se servir de son aviascope, mais il était trop bien ficelé.

Enfin, la fourgonnette s'immobilisa brusquement et Alice sentit qu'on la traînait dans un endroit froid où résonnait un écho : un tunnel ? Son costume de protèle amortit sa chute lorsqu'on la jeta sur une surface rêche... une odeur de paille fraîche l'enveloppa.

Sans crier gare, on déchira le sac en toile et Alice y vit enfin plus clair. Elle cligna des yeux et comprit qu'elle se trouvait derrière les barreaux d'une cage, à l'intérieur d'une cave creusée et éclairée par des bougies. Le mystérieux ravisseur semblait avoir disparu mais, tout autour d'elle, sur le sol poussiéreux, étaient disposées plusieurs cages. Dans l'une d'elles, une autruche d'Afrique du Nord dodue picorait furieusement les barreaux ; dans une autre, un léopard méfiant faisait les cent pas ; plus loin, un gros rhinocéros était allongé dans un enclos grillagé. Alice chercha les damans des yeux, mais ne les vit nulle part.

En observant les animaux prisonniers, elle sentit sa gorge se nouer. Ils devaient être effrayés et désespérés. La colère monta en elle. Comment pouvait-on se montrer si cruel ?

Alice devait à tout prix les libérer. Elle se débarrassa de son déguisement de protèle et un cri retentit alors derrière elle.

– Incroyable ! s'exclama une voix enrouée. Un agent de la SUPER !

Alice se retourna. La voix éraillée était celle d'une minuscule tortue à la carapace brune et dorée. C'était certainement une tortue d'Égypte, la plus petite espèce de tortues de l'hémisphère Nord !

– Quelle coïncidence ! s'exclama le reptile. Mon nom est Ramsès et je suis un ancien agent de la SUPER !

– Vraiment ? souffla Alice, stupéfaite.

Quelle chance ! Si Ramsès avait été formé par la SUPER, il devait posséder toutes sortes d'aptitudes et de techniques qui leur permettraient de faire évader les animaux.

– Je m'appelle Alice. J'étais en mission avec mon équipier Attie, qui portait un costume de bébé protèle lorsqu'on nous a capturés. Tu ne l'aurais pas vu ?

Ramsès avança lentement vers Alice et glissa sa tête à travers les barreaux.

– Je suis ici depuis deux jours et je n'ai pas remarqué de bébé ou de petit…

Le ravisseur devait les retenir dans une autre pièce, pensa Alice. Cela expliquait pourquoi les damans n'étaient pas là.

Avec un peu de chance, Attie les avait déjà retrouvés et pourrait les rassurer. Si seulement elle avait gardé son chromaphone sur elle pour lui parler…

– Ce sont les uniques issues ? demanda-t-elle en comptant quatre entrées de salle vers des tunnels sombres, creusés dans la roche.

Au-dessus de chacune d'elles était peint un animal différent, représenté comme des hiéroglyphes, l'écriture de l'Égypte antique. Harold

Creutzer avait mentionné des tombes cachées dans le désert. Ils se trouvaient certainement à l'intérieur.

– Oui, répondit Ramsès. Est-ce que Phil dirige toujours le bureau de la SUPER ?

Alice passa le bras à travers les barreaux pour tirer sur le cadenas. Avec les bons outils, elle aurait pu le crocheter, mais tout son équipement était resté à bord de la fourmi d'argent.

– Oui, c'est notre commandant. Il nous a envoyés en mission pour enquêter sur l'augmentation du trafic d'animaux en Afrique. Tu ne saurais pas qui est derrière tout cela, par hasard ?

– Je crains que non, avoua Ramsès, navré. J'ai perdu mes lunettes lorsqu'on m'a enlevé et je suis terriblement myope. Au-delà de ces barreaux, tout semble flou…

– Ne t'en fais pas, répondit Alice en lui souriant. Pour l'instant, concentrons-nous sur un moyen de sortir d'ici.

Elle plaça la lentille « aigle » sur l'aviascope et observa avec attention la grotte, à la recherche d'un objet qui l'aiderait à se libérer. Entre les cages se trouvaient des caisses en bois, quelques ballots de foin et des cartons remplis de bouteilles d'eau minérale.

– C'est drôle, ton visage me paraît familier, murmura Ramsès. Je suis certain de t'avoir déjà vue, j'en mettrais ma carapace à couper.

Alors qu'Alice scrutait le sol avec l'aviascope, elle repéra une trace scintillante : des fourmis pharaon, au corps jaunâtre presque transparent. Cette espèce était l'une des plus prospères de la planète : on la rencontrait dans presque tous les pays.

– S'il vous plaît ! leur cria Alice en agitant frénétiquement le bras. Je travaille pour la SUPER. Pourriez-vous m'aider ?

Alice pensa d'abord que les insectes ne l'avaient pas

entendue. Puis les fourmis virèrent brutalement à quatre-vingt-dix degrés et la longue file traversa les dalles de pierre en direction de sa cage. Lorsqu'elles s'immobilisèrent toutes en même temps, un petit « clic » retentit.

Alice n'avait jamais parlé à une fourmi et elle fut surprise d'entendre toute la colonie lui répondre d'une seule voix.

– La SUPER est notre alliée, dirent-elles d'une intonation étrange et bourdonnante. La SUPER est prisonnière ?

Alice, comme souvent, fut heureuse d'appartenir à une organisation qui avait si bonne réputation dans le monde animal.

– Malheureusement, oui. Pourriez-vous m'aider à crocheter la serrure ?

Les fourmis formèrent un cercle et semblèrent se concerter.

– Nous sommes d'accord, annoncèrent-elles enfin. Donnez-nous deux cent quarante petites secondes.

Reformant une ligne ininterrompue, les insectes se lancèrent à l'assaut de la cage, avant de disparaître à l'intérieur de la serrure. Quatre minutes plus tard exactement, un cliquetis sourd se fit entendre et le cadenas s'ouvrit.

– Ça a marché ! s'écria Ramsès en poussant la porte avec sa patte.

Alice reprit courage. Jusque-là, la chance leur souriait. À présent, il ne lui restait plus qu'à retrouver Attie et les petits damans. Elle remercia les fourmis pharaons, qui la saluèrent et reprirent leur marche ordonnée pour libérer les autres animaux. Très vite, la salle s'anima.

– Enfin libre ! rugit le léopard en agitant la queue.

Le rhinocéros se redressa sur ses pattes et fonça tête baissée hors de son enclos. Il frôla Ramsès, qui avançait lentement, mais sûrement, entre les dalles.

Chapitre 6

– Par où ? Par où ? s'agaça l'autruche, qui secouait ses plumes ébouriffées en courant d'une entrée de tunnel à l'autre.

Alice devait mettre tout le monde à l'abri, mais elle ignorait où aller. En suivant le mauvais chemin, ils risquaient de s'enfoncer davantage dans le labyrinthe du tombeau et de se perdre. Elle imita de son mieux le commandant Phil et grimpa sur une cage vide, avant de se racler la gorge.

– Écoutez-moi, tout le monde !

Le rhinocéros agita les oreilles. Le léopard et l'autruche se turent.

– Je sais que vous êtes très inquiets, reprit Alice, mais je vous en prie, gardez votre calme. Je suis un agent de la SUPER et je vais nous sortir de cet endroit.

Elle se pencha vers Ramsès et lui murmura :

– Je vais avoir besoin de toi. Au-dessus de chaque tunnel est peint un hiéroglyphe en forme d'animal. Puisqu'il s'agit d'un tombeau

FRAG

de l'Égypte antique, ils donnent peut-être un indice sur le chemin à emprunter ?

– À quoi est-ce qu'ils ressemblent ? demanda Ramsès en plissant les yeux.

– Eh bien… Il y a un oiseau au bec recourbé avec de grandes plumes derrière la tête, répondit Alice. Peut-être un pélican.

Ramsès réfléchit longuement.

– Mieux vaut ne pas prendre cette sortie. Les Égyptiens de l'Antiquité associaient le pélican à la mort.

Alice frémit. Puis elle décrivit les trois figures restantes. L'une représentait un babouin dressé sur ses pattes arrière, l'autre, un scarabée poussant une boule de terre et la dernière un chacal, la tête haute, qui lui rappelait les gardes de Ruby Leustrasse. Ramsès considéra chaque signe avec attention et s'arrêta finalement devant le scarabée.

– Dans la mythologie égyptienne, tous ces animaux symbolisent la mort, mais le scarabée renvoie également au soleil levant. À mon avis, c'est par là que nous devrions aller.

Alice observa le tunnel obscur avec un frisson. Les parois étaient ornées de tant de motifs de scarabées qu'elles semblaient couvertes de papier peint. Elle serra les poings. Le temps pressait et elle n'avait plus le choix.

Il fallait prendre le risque !

7

Le long tunnel était obscur et plein de toiles d'araignées. Les mains moites, Alice guida les animaux en se servant de l'aviascope avec la lentille « chouette » afin de voir dans le noir. Pour éviter que tout le monde ne se marche dessus, elle avait demandé à chacun de tenir la queue de celui qui le précédait, créant ainsi une véritable chaîne.

– Tu t'en sors comme une cheffe, la félicita Ramsès, blotti dans sa poche, la tête et les pattes appuyées sur le rebord.

Il avait lui-même suggéré qu'elle le porte, pour gagner du temps.

– Continue comme ça. Nous devrions bientôt retrouver la lumière du jour.

Alice aurait aimé se montrer aussi optimiste. Mais à chaque pas, elle craignait un peu plus d'avoir choisi le mauvais chemin. Les animaux comptaient sur elle et après ce qu'ils avaient enduré, elle ne voulait pas les décevoir.

L'autruche, nommée Tara, gloussa :

– Regardez ! Regardez ! De la lumière, droit devant.

Alice baissa son aviascope, espérant apercevoir un rayon de soleil à travers les ténèbres. Mais elle ne vit que la flamme d'une petite bougie, qui vacillait dans l'ombre.

– S'il vous plaît, pas de bruit, leur soufflat-elle. Il y a peut-être quelqu'un ici.

– Faites attention où vous mettez les pattes, murmura Ramsès. Surtout toi, Anika.

Le rhinocéros grogna.

Alors qu'ils avançaient vers la lueur, la chandelle révéla la présence d'une nouvelle salle. Zane, le léopard, dressa les oreilles et gronda :

– Je n'entends rien pour l'instant…

Pendant que les animaux à l'affût attendaient, le dos collé à la paroi du tunnel, Alice rassembla son courage pour entrer dans la pièce. Elle passa la tête à l'angle du corridor, le cœur battant…

– La voie est libre ! dit-elle à ses compagnons avec un soupir de soulagement. Suivez-moi.

L'un après l'autre, ils pénétrèrent dans la chambre, plus vaste que la précédente. Le sol était jonché de cages vides et des sacs en toile de jute étaient suspendus au plafond.

Alice se retint de pousser un cri en voyant les nombreux pièges et appâts accrochés aux murs. Du matériel de braconnage ! Un bureau était installé dans un coin. Alice avertit les animaux de ne rien toucher, pendant que Ramsès et elle s'en approchaient pour enquêter.

Sous une pile de cartes et de plans, elle découvrit un petit carnet et une boîte à déjeuner en plastique. Le carnet contenait des adresses et des numéros de téléphone dans de monde entier. C'étaient sans doute ceux des acquéreurs des animaux. Dans la boîte, Alice trouva un trognon de pomme moisi et un emballage de « Chocahuète ».

– C'est forcément ici que ce criminel organise son trafic, dit-elle à Ramsès, en énumérant les indices qu'Attie et elle avaient glanés devant le terrier des damans. Ces tombes antiques lui servent de cachettes !

Elle déchira la page de contacts et la glissa dans sa poche. Le commandant Phil serait sûrement très intéressé par tous ces noms.

– Qu'y a-t-il par là ? demanda Ramsès en pointant sa tête sous le bureau. J'y vois mal.

Alice s'accroupit pour mieux regarder. Une sorte de pédale en pierre dépassait des dalles. Elle était usée au milieu, sans doute à force d'avoir été pressée. Intriguée, Alice l'enfonça dans le sol. Aussitôt, celui-ci se mit

à trembler et un grondement sonore retentit dans le souterrain.

– Que se passe-t-il ? piailla Tara en pliant son long cou dans tous les sens.

Anika ronfla bruyamment et frappa le sol.

– Là ! s'écria-t-elle.

Un énorme passage circulaire s'était ouvert dans le mur du fond. Il menait à une autre pièce secrète, elle aussi remplie de matériel de braconnage et de quelques cages. Cette fois, deux d'entre elles étaient occupées.

– Les petits ! s'exclama Ramsès en sautillant dans la poche d'Alice. Nous les avons retrouvés !

Alice se précipita et aperçut les trois bébés damans blottis les uns contre les autres. Leurs moustaches noires frémissaient de peur.

– Tout va bien, les rassura-t-elle en s'agenouillant pour observer le cadenas. Vous n'avez plus rien à craindre. Nous allons vous ramener chez vous.

Chapitre 7

L'un des damans releva la tête et remua sa minuscule truffe ronde.

– Chez maman et papa ? demanda-t-il, plein d'espoir.

– Oui, bien sûr ! répondit-elle. Ne t'en fais pas.

Alice manqua de tomber de surprise en remarquant que le cadenas était déjà crocheté. Mais… comment ?

– Alice ! cria une voix familière à l'autre bout de la chambre secrète. Tu n'as rien ?

Devant un enclos où étaient retenus de petits phacochères ébouriffés, Attie tentait d'ouvrir le cadenas à l'aide d'un vieux trombone rouillé.

– Attie ! s'exclama Alice, en se précipitant vers lui pour le serrer dans ses bras.

– Allons, allons, tu m'étouffes, dit-il.

Mais elle le vit sourire malgré lui.

– Tu as pu reconnaître notre ravisseur ? demanda-t-il.

– Non. Et aucun de mes nouveaux amis ne l'a aperçu non plus.

Elle présenta alors rapidement Ramsès, toujours dans sa poche, puis Tara, Zane et Anika.

– Nous pensons avoir trouvé un moyen de sortir d'ici : un tunnel décoré de scarabées.

Attie plissa le museau.

– Cela ne me dit rien de bon, mais bien joué ! Nous ferions mieux d'avancer.

La porte de l'enclos finit par s'ouvrir et les petits phacochères s'échappèrent en couinant.

– Du calme, mes enfants, leur lança Tara, lorsqu'ils filèrent entre ses longues pattes.

Chapitre 7

Attie semblait inquiet.

– Nous ne pouvons pas les laisser courir partout dans un tombeau de ce genre. Il doit être rempli de pièges contre les intrus. Nous devons les surveiller tout en cherchant une issue.

Alice regarda les sacs en toile de jute dispersés dans la pièce et eut alors une idée.

– J'ai trouvé ! Attie, tu penses pouvoir construire des sortes d'écharpes à l'aide de ces sacs ?

Lorsqu'il eut découpé la toile en larges bandes, les autres animaux reçurent la mission de transporter les petits. Tara portait les bébés damans dans l'écharpe nouée autour de son cou. Zane avait deux des bébés phacochères attachés sur le dos et Anika se chargea du reste de la portée.

Alice gardait Ramsès dans sa poche tandis qu'Attie s'affairait pour bien serrer les sangles et s'assurer que les petits étaient correctement accrochés.

– Très bien, tout le monde, reprit Alice en s'engouffrant dans le tunnel aux scarabées. N'oubliez pas : tenez toujours la queue de l'animal devant vous.

Lentement, ils s'enfoncèrent dans les ténèbres. Le couloir semblait interminable, mais Alice se sentait plus confiante avec Attie à ses côtés. Elle pensait qu'il aurait reconnu Ramsès, mais la SUPER comptait de nombreux agents et il ne les connaissait sans doute pas tous.

Enfin, avec des rugissements, des couinements et des ronflements de joie, ils aperçurent la lumière du jour. Alice rangea son aviascope et conduisit la petite troupe dans une large pièce, aux dalles bleues, rouges, jaunes, blanches et noires. À l'autre extrémité, un escalier menait vers un rectangle de ciel orangé. Le soleil se levait à l'horizon. Alice et Attie étaient donc restés toute la nuit sous terre !

– Hourrah ! gronda Anika, comme une corne de brume. Nous avons réussi !

Alice poussa un long soupir puis fit un pas en avant.

– Attends ! l'arrêta Attie.

Trop tard. La pierre rouge s'effondra sous le pied d'Alice et celle-ci manqua de basculer dans le vide.

– Woaaah, cria-t-elle en retrouvant l'équilibre juste à temps. Qu'est-ce qui s'est passé ?

Attie se pencha au-dessus du trou.

– On dirait un précipice. Le sol de cette salle est certainement truffé de pièges.

– Il doit bien y avoir un moyen de sortir, dit Ramsès en scrutant les dalles colorées. Il y a peut-être un cheminement à suivre. Un code de couleurs ?

Alice examina la pièce à la recherche d'indices. Des hiéroglyphes étaient gravés sur les murs et représentaient cinq animaux différents : une vipère à cornes, un colibri, un cobra et un Pic vert. Le cinquième pouvait être un pigeon ou une colombe : Alice n'en était pas sûre.

– Il y a peut-être un rapport avec l'aspect de l'animal, suggéra Attie. Les vipères à cornes sont de couleur sable, cela pourrait être le jaune…

Mais lorsqu'il avança le pied sur la dalle jaune la plus proche, celle-ci bascula et Alice dut le rattraper par la queue pour l'empêcher de tomber.

– Ça ne peut pas être la solution… repritelle. Les colibris sont multicolores, cela n'aurait aucun sens.

Elle observa les figures gravées avec attention. Quelque chose devait les relier entre elles. Elle allait et venait tout en réfléchissant et l'écho de ses pas résonnait dans la pièce. Les deux agents de la SUPER avaient bien des idées, mais aucune ne semblait convenir. Au bout d'une demi-heure, Alice avait presque renoncé à décoder ce rébus lorsque l'un des petits phacochères gémit. Elle eut un déclic.

– C'est cela, s'écria-t-elle. Voilà ce qu'ils ont en commun : leurs petits. Tous ces animaux pondent des œufs blancs !

– Alors… la bonne couleur est le blanc ? demanda Ramsès.

– C'est ce que nous allons vérifier, déclara Alice.

Avec précaution, elle toucha la dalle blanche la plus proche du bout de sa chaussure. À sa grande surprise, celle-ci ne céda pas. Elle bondit dessus et refit un essai avec la pierre blanche suivante, et ainsi de suite.

– Alice, tu as résolu l'énigme ! s'exclama Attie. Ne marchez que sur les dalles blanches, dit-il. Les autres couleurs sont piégées. Et faites très attention.

Le groupe traversa la salle à pas lents et prudents. Ils en avaient franchi la moitié lorsqu'une ombre s'étendit sur eux. Alice se redressa et vit une silhouette à trois têtes devant l'entrée du tunnel…

Ruby Leustrasse, se dit-elle. *Cela ne peut être qu'elle…*

8

La silhouette se divisa en plusieurs figures, mais pas celles qu'Alice avait imaginées.

– Harold Creutzer ! s'écria-t-elle.

Abasourdie, elle manqua de basculer en arrière et faillit passer à travers une dalle bleue.

Creutzer tenait un sac en toile vide, accompagné par quatre de ses aranobots. Il ne portait plus sa chemise et son short en lin, mais un élégant costume pourpre, avec une cravate en soie maintenue par une épingle.

– Mais… c'est la petite fille qui m'a demandé son chemin, murmura-t-il. Qu'est-ce que tu fabriques ici ?

– Ce qu'elle fabrique ? La vraie question serait plutôt ce que *vous* fabriquez ici, s'emporta Attie en gonflant la poitrine. Vous n'êtes pas égyptologue ! Vous êtes un trafiquant d'animaux !

Maintenant que les pièces du puzzle s'assemblaient, Alice s'en voulait de ne pas avoir compris plus tôt. Harold Creutzer savait exactement où se trouvait le garage de Ruby Leustrasse : il avait pu y prendre sa carte de visite et acheter une barre « Chocahuète ». Horrifiée, elle songea aux caisses qu'elle avait vues dans le camion et comprit qu'elles contenaient sans doute des animaux kidnappés. Creutzer se servait de ces tombes pour retenir ses victimes, le temps de les proposer à la vente.

– Je suis un homme d'affaires très important, répliqua Harold en toisant Attie. Et je ne laisserai pas un rat me parler comme ça !

– Un rat ? répéta Attie, le poil hérissé. Comment osez-vous ?

Sentant qu'une bagarre risquait d'éclater, Alice jeta un regard au sol pour mémoriser la disposition des dalles blanches. Attie et elle auraient beaucoup de mal à capturer Creutzer, car au moindre faux pas, ils dégringoleraient dans le précipice.

– Dire que nous soupçonnions Ruby Leustrasse d'être derrière ce trafic ! remarqua Alice, qui cherchait à gagner du temps.

– La garagiste ? s'esclaffa Creutzer. Vous voulez rire ! Comment aurait-elle pu créer un tel réseau ? Il faut une intelligence supérieure pour gérer une opération de ce genre. Vous imaginez cette pauvre Ruby programmer une armée de robots-araignées pour lui obéir ?

Les aranobots… évidemment. Alice se rappela la poigne si ferme avec laquelle elle avait été attrapée et comprit qu'il s'agissait sûrement de l'un de ses robots. Voilà comment Creutzer kidnappait ses proies : ses aranobots s'en chargeaient à sa place.

– Eh bien, vos crimes prennent fin maintenant, lui lança Attie. Au nom de la SUPER, je vous arrête pour enlèvement et trafic illicite d'espèces rares d'Afrique !

– Oh, ne me faites pas rire, riposta Harold. La SUPER ne peut rien contre moi.

Il pointa le doigt au-dessus de l'épaule d'Attie. Tara, Anika et Zane reculaient sur les dalles blanches.

– Aranobots ! Ramenez ces spécimens dans leurs cages et veillez à ce que les agents de la SUPER disparaissent... définitivement !

Les yeux des robots brillèrent alors d'une lumière rouge.

– Pas si vite ! cria Attie.

Rapide comme l'éclair, il sauta sur quelques dalles colorées, en les touchant à peine, avant d'atterrir sur une blanche. Les dalles se brisèrent, créant une vaste crevasse dans le sol qui les séparait des animaux.

Alice pensa d'abord que les robots ne pourraient plus les atteindre, mais ils basculèrent et leur ventre s'ouvrit, lançant des grappins munis d'une corde qui se plantèrent dans le plafond et leur permirent de se balancer au-dessus du vide pour franchir le gouffre.

– Voilà une belle journée qui s'annonce ! s'exclama Creutzer avec un large sourire. Malheureusement, vous n'aurez pas la chance de la voir...

Chapitre 8

Il se retourna. Sa veste pourpre virevolta derrière lui et il disparut à l'extérieur.

– Et maintenant ? gémit Alice en regardant les aranobots se rapprocher.

Comme Attie, elle suivait un entraînement d'arts martiaux inspirés des animaux, mais comment se défendre avec des ennemis aussi nombreux ?

– Je réfléchis ! répliqua son équipier en reculant.

Alice sentit Ramsès trembler dans sa poche. Elle songea à demander l'aide de leurs compagnons, mais ils protégeaient déjà les petits terrifiés. Du coin de l'œil, elle reconnut une silhouette sombre qui se balançait au plafond.

Elle fendit l'air et se jeta sur l'un des robots qu'elle renversa d'un coup de pied. D'autres dalles colorées s'effondrèrent et le robot bascula dans le vide.

Tout se passa si vite qu'Alice mit quelques instants à comprendre que cette silhouette lui était familière… C'était l'animal à la queue ébouriffée, vêtu d'une combinaison noire comme un ninja, qu'elle avait vu près du garage de Ruby et non loin du terrier des musaraignes.

Avec des sifflements aigus, les aranobots se mirent à vibrer. Des pinces aussi tranchantes que des rasoirs surgirent d'une encoche dans leur tête et s'agitèrent frénétiquement. *Clac. Clac. Clac.*

L'un d'eux fonça sur Attie. Un deuxième chargea Alice. Prise de sueurs froides, la jeune fille chercha à s'éloigner. Mais le sol était parsemé de trous. Au moindre faux pas, elle dégringolerait dans un gouffre au fond d'une tombe égyptienne.

Chapitre 8

– Essayez le coup de pied de l'aigle ascendant ! lui cria le ninja.

Alice ignorait comment il connaissait les arts martiaux animaux, mais c'était une excellente idée.

Attie et Alice plièrent les genoux, levèrent les bras bien haut et les baissèrent d'un mouvement brusque. L'élan leur permit de sauter

exactement en même temps, comme deux acrobates parfaitement synchronisés.

En retombant, Alice tendit la jambe et sa botte percuta le corps métallique de l'aranobot avec un choc sourd. Le robot en perte d'équilibre glissa sur une dalle rouge, qui s'effrita. Au même instant, les deux derniers robots basculèrent eux aussi dans le précipice, poussés par Attie et le ninja.

– Pas mal ! Vous vous êtes débarrassés de ces monstres en moins de deux ! commenta le ninja en retirant son masque et sa capuche.

Deux grandes oreilles beiges se déployèrent au-dessus de sa tête, terminée par un museau pointu avec une truffe noire. Un fennec ! Alice n'en avait jamais rencontré. C'était la plus petite espèce de renards au monde. Particulièrement adaptés au milieu désertique, ils se servaient de leurs immenses oreilles pour se rafraîchir.

– Marceline ? s'exclama Ramsès qui s'agita dans la poche d'Alice. C'est toi ?

Alice prit la tortue pour la poser sur le sol.

– Vous vous connaissez ?

– C'est ma meilleure amie ! répondit Ramsès. Nous avons travaillé ensemble à la SUPER.

Voilà qui explique la tenue de Marceline, pensa Alice. La renarde avait sans doute conservé ses vêtements de camouflage.

– Quand j'ai appris que Ramsès avait été kidnappé, j'ai essayé de le retrouver, raconta Marceline en approchant le museau de la carapace de son ami. Un membre de la SUPER n'abandonne jamais les siens, pas vrai ?

– Merci infiniment pour ton aide, ajouta Alice. Je suis l'agent Lerisque et voici mon partenaire, l'agent Attenborough.

– L'agent Lerisque ? répéta Marceline en observant Alice. Je n'arrive pas à le croire !

Elle saisit Ramsès dans sa gueule pour le déposer sur son épaule.

– Tu vois la ressemblance, Ramsès ? C'est la fille de Ranulph et d'Azalée !

– Ça alors ! s'exclama la tortue. Je savais bien que ton visage m'était familier ! J'étais l'équipier de ta maman, Azalée.

– Et moi l'équipière de ton papa, Ranulph, renchérit Marceline.

– C... comment ? souffla Alice, qui sentit ses jambes devenir molles comme du coton.

– Navré de vous interrompre, dit Attie en agitant la queue et les moustaches. Mais... Harold Creutzer est en train de s'enfuir !

9

Alice grimpa quatre à quatre l'escalier de la tombe. Sa tête bourdonnait encore après toutes ces révélations : elle avait tant de questions à poser à Ramsès et à Marceline ! L'idée qu'elle puisse enfin en savoir plus au sujet de ses parents lui donnait des ailes.

Mais pour l'instant, elle devait oublier tout cela et se concentrer sur le moment présent. Leur mission n'était pas terminée.

En retrouvant la lumière du jour, ils reconnurent aussitôt l'endroit où ils se trouvaient. Ils venaient de ressortir par l'énorme trou du prétendu site de fouilles, où elle avait aperçu

Harold Creutzer pour la première fois. Sa camionnette avait disparu, mais la table couverte d'outils et la tente en toile étaient encore là.

– Regardez ! cria Attie en courant vers des traces de pneus dans le sable. Creutzer a dû s'enfuir avec son pick-up.

Alice utilisa la lentille « bécasse d'Amérique » de son aviascope pour scruter toutes les directions.

– Il roule vers le nord, dit-elle en distinguant le véhicule au loin. Mais sans la fourmi d'argent du Sahara, nous ne le rattraperons jamais…

Un grand brouhaha retentit lorsque les animaux émergèrent du souterrain. Anika piétina le sol avec des grognements joyeux. Zane s'étira de tout son long, jusqu'au bout des griffes. Ramsès et Marceline s'occupèrent de détacher les petits damans et phacochères, qui bondirent à terre pour jouer.

Alors que Tara secouait ses plumes, Alice se rappela soudain un détail : les autruches

d'Afrique du Nord étaient les oiseaux les plus rapides du monde.

– Tara, tu penses être capable de poursuivre Creutzer si je monte sur ton dos ?

L'autruche battit des paupières.

– Évidemment ! Allez, grimpe !

– Tu devras y aller seule, Alice, l'avertit Attie. Je dois récupérer le chromaphone dans notre fourmi d'argent, près du garage, et contacter la SUPER pour ramener au plus vite ces bébés à leurs parents.

– Je l'accompagne, proposa Marceline en sautant sur les genoux d'Alice. Ramsès, occupe-toi d'aider l'agent Attenborough avec les petits.

Sans perdre une seconde, Tara s'élança. Alice s'accrocha à ses plumes tandis que ses longues pattes frappaient le sol aride. À chaque foulée, Alice et Marceline sursautaient.

Le véhicule de Creutzer apparut au loin, dans un nuage de poussière. Alice songea aux caisses qu'elle avait vues à l'arrière, la veille.

Chapitre 9

S'y trouvaient-elles encore ? Si c'était le cas, les animaux devaient être affamés et déshydratés. Elle devait les libérer le plus vite possible !

Le rugissement du moteur s'amplifiait et Alice se pencha vers l'autruche.

– Tu peux essayer d'arriver à sa hauteur ? Marceline et moi, nous sauterons.

Tara serra le bec et força l'allure jusqu'à rattraper le camion. En s'approchant, elle lança :

– Maintenant !

Alice et Marceline bondirent en même temps. Alice agrippa une sangle fixée sur le véhicule pour s'y accrocher. Marceline se servit de ses griffes et de ses dents.

Dans le rétroviseur, Alice aperçut le visage de Harold Creutzer. En sueur et rouge de colère, il les regardait d'un air furieux. Avec un cri rageur, il tourna brusquement le volant.

– Il cherche à nous faire tomber du camion ! hurla Marceline.

– Et si on essayait la prise du crabe de cocotier ? suggéra Alice en songeant à cette technique, apprise pendant son entraînement.

Les crabes de cocotier avaient la plus forte poigne du règne animal : le geste devrait leur permettre de tenir.

– Excellente idée, répondit Marceline. Ta mère la maîtrisait parfaitement !

Le véhicule zigzaguait, mais Alice réussit à prendre la bonne position pour grimper en crabe jusqu'au toit. Son cœur s'emballa lorsque le camion quitta la piste de sable pour le bitume : Creutzer avait réussi à rejoindre la route du désert.

Les immenses oreilles de Marceline claquèrent dans le vent.

– Attention ! Il accélère !

Alice essayait de se rapprocher de la portière, mais le souffle du vent semblait former une barrière invisible. Soudain, Creutzer poussa un cri.

– Aaaah !

Le pick-up s'immobilisa dans un crissement de pneus. Ce coup de frein aurait sûrement projeté Alice et Marceline plusieurs mètres en avant. C'était uniquement grâce à la technique du crabe de cocotier qu'elles parvinrent à s'accrocher. Alice se dressa sur le toit du camion et vit Creutzer sortir la tête par la vitre en agitant le poing.

– Qu'est-ce que tu fabriques ici ? aboya-t-il. Écarte-toi !

Devant lui, plantée au milieu de la route, les bras croisés, se tenait… Ruby Leustrasse.

– Pas question, mon grand !

Stupéfaite, Alice vit que la garagiste et ses deux chacals avaient bloqué la route avec un mur d'épaves de voitures.

– Ruby ! s'écria Marceline en lui faisant signe.

– Vous vous connaissez ? s'exclama Alice.

– Je l'ai rencontrée il y a quelques heures. Elle m'a parlé d'Attie et de toi : c'est grâce à elle que j'ai pu vous retrouver, avec Ramsès, dans la tombe.

Marceline désigna Set et Sabra, les deux chacals.

– Ruby adore les animaux. Quand je lui ai expliqué ce que Creutzer manigançait, elle m'a proposé son aide.

En comprenant son erreur, Alice se sentit honteuse. Elle n'aurait pas dû tirer de conclusions aussi rapides au sujet de Ruby.

– Si tu ne bouges pas, tant pis pour toi ! cria Creutzer en faisant vrombir son engin.

Marceline se raidit.

– Nous devons l'arrêter !

Alice ne voyait qu'une solution. Elle descendit du camion à l'aide de la sangle et saisit la pierre la plus pointue qu'elle put trouver sur le bord de la route. Elle l'enfonça de toutes ses forces dans l'un des pneus. Il se dégonfla avec un sifflement grave.

– C'est ta dernière chance, Leustrasse, menaça Creutzer d'un air mauvais.

Il fit rugir le moteur et le camion accéléra. Mais le pneu crevé le fit dévier et il termina sa course dans un monticule de sable, sur le bas-côté.

Ruby s'avança vers lui en s'esclaffant.

– Qu'est-ce que tu disais, Creutzer ? dit-elle avec un clin d'œil à Alice et Marceline. Ne vous en faites pas, je le surveille avec mes chacals. Occupez-vous des animaux.

Avec l'aide de Marceline, Alice souleva la bâche. Elles découvrirent plusieurs caisses contenant des animaux déshydratés, mais soulagés. Parmi eux, il y avait six petits léopards, des bébés rhinocéros et même un éléphanteau : les petits dont le commandant Phil avait parlé à la réunion d'urgence. À présent, ils ne craignaient plus rien.

Le chromaphone vibra et Alice sentit son cœur bondir dans sa poitrine. Elle s'accroupit et approcha son œil du terrier des musaraignes de Flower.

– Attie, le commandant Phil nous appelle.

– J'arrive ! cria son équipier.

Avec un léger grattement, il s'extirpa du trou, les moustaches pleines de sable.

– Réponds-lui tout de suite. Nous ne pouvons pas faire attendre le commandant !

Alice inspira profondément pour calmer son angoisse. Elle était toujours anxieuse lorsqu'elle remettait leur rapport au commandant.

Il détaillait les points positifs de leur mission, mais aussi les aspects négatifs. Elle pressa le bouton du chromaphone et la surface aux couleurs ondoyantes laissa apparaître l'image du dindon.

– Agent Lerisque, agent Attenborough, je suis soulagé que vous soyez tous les deux sains et saufs ! déclara Phil d'un ton sévère.

Il était assis à son bureau, au quartier général de la SUPER. Autour de lui étaient empilés des exemplaires d'un même livre, au dos rouge marqué de lettres dorées.

– J'ai cru comprendre que votre voyage en Égypte avait été plutôt mouvementé… Des enlèvements, une tombe piégée, et une course-poursuite à dos d'autruche… ?

Attie se racla la gorge.

– Eh bien, nous n'avons pas eu le temps de nous ennuyer, commandant.

– Vous serez heureux d'apprendre, continua Phil, que grâce aux informations que vous avez récupérées dans le carnet d'Harold Creutzer, nous avons pu identifier tous les clients de son horrible réseau. Évidemment, ils seront bientôt derrière les barreaux.

Il saisit l'un des livres derrière lui et l'ouvrit. Sur la page figurait une photo de Creutzer, l'air particulièrement mauvais, portant une tenue de détenu grise.

– J'ai demandé à ajouter son signalement à la toute dernière édition du *SUPERguide des ennemis de la nature*. Nos futurs agents sauront comment il a réussi à se faire passer pour un égyptologue. Désormais, ce genre de stratagème ne fonctionnera plus.

Alice baissa les yeux. Elle s'en voulait beaucoup. Si elle avait pu percer son déguisement à jour, Attie et elle auraient délivré ses victimes plus tôt.

– Nous sommes désolés de nous être laissés berner. Nous pensions tous les deux que les indices menaient à un autre suspect, la garagiste Ruby Leustrasse.

– Les enquêtes sont rarement simples, commenta Phil. Le plus important est d'apprendre de ses expériences afin de devenir un meilleur agent. Quelle leçon tirez-vous de votre mission ?

– De ne pas se fier aux apparences, répondit Attie d'un air penaud.

Alice réfléchit. Elle savait qu'ils n'auraient jamais réussi sans l'aide de Ruby, de Ramsès et de Marceline.

– J'ai découvert qu'on peut se faire des amis dans les circonstances les plus étranges ! Il suffit de vouloir les trouver.

Phil ouvrit le bec pour esquisser un large sourire.

– Vous avez absolument raison ! Félicitations à tous les deux.

Chapitre 10

Plus tard, ce soir-là, Alice, Attie, Ramsès et Marceline s'installèrent autour d'un feu de camp, près du terrier des cousins d'Attie.

– Qui veut du kebab de bananes frites aux graines de courge ? proposa Attie, en passant une assiette remplie de ses sandwichs favoris, qu'il faisait griller sur des broches.

Ils sentaient délicieusement bon, mais Alice était bien trop excitée pour manger. Elle se pencha pour mieux écouter les récits de Ramsès et de Marceline.

– Tes parents ont décidé de quitter la SUPER lorsque tu es née, expliqua Marceline. Ils pensaient qu'il serait trop dangereux pour toi de partir en mission avec eux.

– Et ils avaient bien raison, renchérit Ramsès. Tu n'étais qu'un bébé ! Mais aujourd'hui, tu es devenue une formidable jeune fille et un excellent agent de la SUPER. Ils seraient si fiers de toi !

– Et nous sommes très fiers de toi, nous aussi, ajouta Marceline.

Alice sentit des larmes d'émotion lui picoter les yeux. Attie se blottit contre elle.

– Tiens, nous avons un cadeau pour toi, dit Marceline en attrapant son sac à dos.

Elle lui tendit un album photo, recouvert de papier décoré à la main de feuilles de tapioca, exactement comme le papier peint de sa chambre, chez ses parents.

Alice l'ouvrit et étouffa un cri.

À la lumière du feu de camp, elle reconnut ses parents sur les clichés, vêtus d'un uniforme de la SUPER semblable au sien. On les voyait descendre une falaise en rappel, traverser des rapides sur un raft, ou explorer une jungle. Marceline et Ramsès étaient toujours près d'eux.

– Merci, murmura Alice. C'est… fantastique.

Son cœur se serra en se rappelant qu'Attie et elle devaient repartir le lendemain.

– Vous croyez que nous pourrons nous revoir ? J'aimerais tellement que vous me racontiez des souvenirs de vos aventures avec mes parents.

– Nous revoir ? s'esclaffa Marceline en découvrant ses canines pointues. Maintenant que nous sommes entrés dans ta vie, tu ne te débarrasseras plus jamais de nous !

– Considère-nous comme un oncle et une tante adoptifs, ajouta Ramsès. J'espère que cela ne te paraîtra pas trop bizarre.

Alice éclata de rire.

– On voit que vous ne connaissez pas mon oncle Douglas…

OPÉRATION
MOUSTACHES DU DÉSERT

Par Alice Lerisque
(agent de terrain de la SUPER)

RAPPORT :

L'opération « Moustaches du désert » était pleine de rebondissements. Nous avons été kidnappés par un trafiquant (ou plutôt, par ses robots). Mais l'agent Attenborough et moi avons réussi à libérer de nombreux animaux d'espèces menacées et à rendre les petits à leurs parents. La plus belle surprise de toutes, c'est que j'ai rencontré deux anciens agents de la SUPER, qui travaillaient avec mes parents.
Rien ne ramènera mon papa et ma maman, mais avec Ramsès et Marceline, j'ai l'impression de les retrouver un peu.

OBSERVATIONS :

* Les fourmis pharaons peuvent vous sauver la vie.
* Ne jamais sous-estimer les tortues.
* Les sandwichs de bananes frites et de graines de courge sont bien meilleurs rôtis au feu de camp !

Cher lecteur, chère lectrice,

Ici le commandant Phil, à l'attention de tous les agents de la SUPER !
Je suis fier de vous annoncer que les agents Attenborough et Lerisque ont accompli leur mission. Ils ont empêché un criminel d'enlever et de vendre des animaux sauvages d'Afrique. Malheureusement, le trafic illégal d'animaux est toujours l'un des plus grands périls qui pèsent sur les espèces les plus menacées du monde. Nous avons encore beaucoup à faire pour éradiquer ce fléau.

Quel est le problème ?

Chaque année, des millions de spécimens de plantes ou d'animaux sont traqués dans leur milieu naturel pour être vendus comme nourriture, comme remède, comme animaux de compagnie ou comme matériaux précieux. Une majorité de ce commerce est illégal et menace la survie de nombreuses espèces en voie d'extinction. Ce trafic a un effet néfaste sur la faune, la flore, les écosystèmes, mais aussi sur les communautés humaines locales. Il favorise la corruption, empêche le développement et crée de l'instabilité dans certains des pays les plus pauvres du monde.

QUI EST EN DANGER ?

Des animaux de plus de 7 000 espèces sont illégalement vendus dans le monde entier, des jaguars en Amérique du Sud aux rhinocéros en Afrique en passant par les tigres en Asie. Les mammifères ne sont pas les seuls menacés : d'innombrables espèces de poissons, d'insectes, d'oiseaux et de reptiles sont surexploitées.

ESPÈCES MENACÉES

L'ÉLÉPHANT D'AFRIQUE

Le plus grand mammifère du monde. Il peut vivre jusqu'à 70 ans.
Sa trompe compte plus de 40 000 muscles.
L'ivoire de leurs défenses est recherché pour fabriquer des bijoux ou des meubles.

Cette tortue vit dans les lagons et barrières de corail peu profonds. Les écailles de sa carapace et sur sa tête la protègent des piqûres des méduses. On la capture pour ses œufs, sa viande, sa peau et sa carapace.

LA TORTUE IMBRIQUÉE

Il a beau être énorme et très lourd, le rhinocéros peut courir jusqu'à 55 kilomètres à l'heure ! Sa lèvre supérieure recourbée lui permet de brouter les feuilles, les racines et les branchages. On le chasse pour sa corne, souvent broyée et employée dans la médecine traditionnelle.

LE RHINOCÉROS NOIR

Ce gros chat est un nageur hors pair et se sert de sa queue pour garder l'équilibre lorsqu'il grimpe aux arbres. Ses taches noires sont appelées « rosettes » : c'est un camouflage pour mieux chasser sa proie. On le traque pour sa fourrure.

LE LÉOPARD D'AFRIQUE

ESPÈCES MENACÉES

c'est le plus grand perroquet du monde, avec des plumes d'un beau bleu profond et des cercles jaunes autour des yeux.
On le traque pour le mettre en cage.

L'ARA HYACINTHE

L'OURS MALAIS

C'est le plus petit ours au monde, avec un pelage noir et un collier orangé sur la poitrine.
On le chasse pour sa viande, ses os, ses dents, ses griffes, sa vessie et sa bile.

CE QUE TU PEUX FAIRE :

Fais passer le message !

Pour limiter la demande de produits issus du trafic illégal, il faut d'abord informer les gens. Demande à ton professeur à l'école de créer une grande affiche, dans ta classe, pour parler de ce problème. Utilise des dessins colorés, des graphiques et des photos qui donneront envie d'en savoir plus ! Sur une carte du monde, indique avec des flèches où vivent les espèces menacées.

Attention aux souvenirs de vacances !

Si tu pars en vacances avec tes parents, vérifie que les souvenirs que tu rapportes n'ont pas été fabriqués avec des matériaux issus d'espèces protégées. On trouve parfois des bijoux en ivoire, en corail, en écaille de tortue ou en corne de rhinocéros : ces matières sont toutes utilisées illégalement ! Certains sacs à main ou chaussures sont fabriqués en peau de reptiles (beurk !) et des châles en fourrure sont parfois fabriqués avec la peau de l'antilope du Tibet, qui est, elle aussi, une espèce menacée.

Signe des pétitions !

Pour lutter contre le trafic illégal d'animaux, il faut parfois inciter les gouvernements à adopter des lois plus sévères et à mieux appliquer les règlements existants. En plus de signer des pétitions, tu peux écrire à tes représentants politiques locaux pour leur demander ce qu'ils prévoient de faire à ce sujet.

Organise un super-quizz animalier

Pourquoi ne pas préparer un grand quizz sur le thème des espèces menacées avec tes amis ou ta famille ? Demande une participation à chaque équipe et prépare un délicieux gâteau comme prix à remporter.

Écris les questions et surtout cache bien les réponses ! Les fonds que tu récolteras pourront être envoyés à des organisations qui luttent contre le trafic illégal d'espèces protégées, comme l'African Wildlife Foundation, le WWF, ou Traffic, le réseau de surveillance du commerce de la faune et de la flore sauvages. Ils soutiennent des équipes qui luttent contre le braconnage, notamment avec des chiens entraînés pour repérer les espèces en danger sur les routes du commerce illicite.

Bonne chance à toi, agent. La SUPER compte sur toi !

Le commandant Phil.

NOTES DE TERRAIN

NOTES DE TERRAIN

NOTES DE TERRAIN

NOTES DE TERRAIN

Les autrices :

Jennifer Bell

La série *Les Extraordinaires* de Jennifer Bell a été vendue dans quinze pays et a connu un succès immédiat. Inspirée par son ancien métier de libraire jeunesse, Jennifer aime créer des mondes magiques et fabuleux.

Alice Lickens

Alice Lickens est une autrice, illustratrice et designer basée à Londres. Elle a reçu la prestigieuse bourse Sendak et est également designer à la London House of Illustration.

L'illustratrice :

Pauline Duhamel

Originaire d'un petit village de Provence, Pauline Duhamel se découvre très tôt une passion pour les livres ainsi que pour le dessin. Après des études d'arts appliqués à Paris, elle s'oriente naturellement vers l'illustration jeunesse. Elle a travaillé avec les éditions Talents Hauts, Flammarion, Fleurus, Bayard Presse, et Samsung Publishing. En 2011, elle a publié son premier livre en tant qu'autrice et illustratrice, *Dix petits écoliers* (Chocolat ! Jeunesse). Chez Albin Michel Jeunesse, elle a déjà illustré les deux tomes des *Enquêtes d'Emily Evans* et l'album *J'aimerais te parler d'elles*.

Découvrez les autres aventures d'Alice et Attie

dans la forêt atlantique

et en Antarctique !

Conception graphique : Delphine Guéchot
Éditions Albin Michel Jeunesse
22 rue Huyghens
75014 Paris
ISBN : 978 2 226 46329-6
N° d'édition : 24528/01
Dépôt légal : septembre 2021
Loi n°49-956 du 16 juillet 1949 sur les publications destinées à la jeunesse, modifiée par la loi n°2011-525 du 17 mai 2011.
Imprimé en France par Pollina, Luçon - 99112.